KB027885

바다는 옷을 입지 않는다

국립중앙도서관 출판시도서목록(CIP)

바다는 옷을 입지 않는다 : 진진욱 제12시집 /지은이 : 진진욱. --
서울 : 한누리미디어, 2015
　　p. ; 　cm

ISBN 978-89-7969-500-7 03810 : ₩10000

한국 현대시 [韓國現代詩]

811.7-KDC6
895.715-DDC23　　　　　　　　　　　　CIP2015009231

진진욱 제12시집

바다는 옷을 입지 않는다

바다는 옷을 입지 않는다

진진욱 제12시집

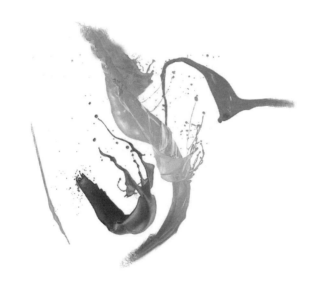

한누리미디어

차례 Contents

8

제2부 이상한 계절

9

차례 Contents

제 3 부 차창 밖의 미희들

제 **4** 부 　금목서 향기에 취하다

11

차례 Contents

제 6 부   지구의 물갈이

13

강 언덕에 집을 짓자

강 언덕에 집을 짓자
지붕은 우산처럼
벽면에는 유리 없는 창틀만 끼워
내 꿈이 자유로이 드나들 수 있고
님이며
새들과 꽃들의 향기도 자유로이
드나들 수 있도록
사방이 확 트인 곳이면 더욱 좋겠다

별들이 수두룩한 밤에는 우산처럼
지붕을 접어
내 사랑하는 별, 님을 찾자
밤의 개울물 소리는
별들의 소리와 뒤섞여 있어
두 손으로 귀를 모으면 님의 소리가
아스라이 들려올지 모른다
코 앞에 님이 있는데도 나는 바보다.

16

잘못된 인연

이토록 쉽게 무너질 줄 알았다면
수십 년 동안
널 울리지 않아도 될 걸
먼저 온 고양이 때문에
차마 그 진실을 고백하지 못해
항상 너를 만나도
마치 죄 지은 자 그대로였다
열 길 물속은 알아도
한 길 사람 속은 모른다더니
도중에 하차할 줄 알았더라면
그래, 알았더라면
기나긴 세월, 너는 모르지만
나는 지금도 피를 말리며
오로지 용서받을 마음의 문을
활짝 열어두고 있다만!!!

꿈 속의 꿈

푸른 양탄자가 깔린 바다
섬과 거룻배가 팔짱을 끼고
행복하게 살고 있었다
어느 날 거대한 태풍이 몰려와
섬의 한 쪽 팔을 자르고
거룻배를 끌고 가 버렸다
섬은 팔의 통증도 잊은 채
거룻배만 기다리고 있었다
새들이 몰려와 섬을 달래지만
그럴수록 섬은 어린 아이처럼
목이 터져라 울어댔다
멀리 수평선을 따라
열 지어 가고 있는 덩치 큰
배들에게 물어보면
님의 소식을 알 수 있을 텐데
가까이 다가갈 수도
너무 멀어 물어볼 수도 없다
섬과 나는 밤낮으로 울먹이며
님의 이름만 외쳐댔다.

18

그 곳이 어딘지

그 곳에 가면 아담한 폭포가 있고
선녀탕이며
온갖 새들이 찾아들고
엄동설한에도 꽃들이
만발해 있겠지

밤하늘에는
별들이 깨알처럼 무수하고
그 곳에 가면 태양과 달이
세월 가는 줄 모르고
숨바꼭질하고 있겠지

내 님도 지금쯤 한창
유희를 즐기고 있을 텐데
위성을 쏘아 올려도 보이지 않는
멀고도 아주 먼, 저승 같은 곳
나 무슨 수로 그 곳을 찾아가랴.

달에게

나는 지금 사슴처럼
길을 잃고 있나니
그대여!
내게 방향을 제시해 다오

시궁창이면 어떠랴
어디라도 갈 수 있으니
그대여!
내 님 있는 곳을 알려다오

해와 그대 사이를 오가며
나도 빛을 내뿜어
내 님을 찾을 수 있도록
공간 하나 마련해 주오

살아 있을 적 아니라도
좋으니
죽어서라도
내 님 한 번 만나게 해 주오.

20

달과 나

내가 말문을 닫은 채 오로지
두 손 모아
밤마다 그에게 물었다

오랜 세월 동안 그에게
내 님 소식 들으려 했지만
그는 언제나 백지장만 펼쳤다

그가 오히려 내게
지상에 남겨둔 그의 님이
어디에 사느냐고 묻고 있는지 모른다

나는 지상에서
그는 하늘에서
창백한 모습이 똑같기 때문이다

우리의 감정이
채워졌다 지워지고
지워졌다 채워지는 것까지

이젠 둘 다 옛 님을 잊고
너는 나만을
나는 너만을 사랑하며 살기로 하자.

당부

내가 죽어 주검이 되었을 때
조심조심 내 가슴을 파헤쳐 주세요
깊게, 아주 깊게 파내려 가면
거기 눈부신 사리 하나 나올 것이니
그것은 내 것이 아니라
나의 사랑하는 님의 것이니
거기 내 이름과
최영숙이란 글자를 새겨
다시 내 가슴 깊숙이 묻어 주세요.

22

등짐

나는 고향을 등짐에 지고 다닌다
등살에 너무 찰싹 붙은 고향
명경같이 훤히 볼 수는 없지만
언제나 함께 있어 좋다

외로울 때나, 괴로울 때나
고향이 생각나면 등짐을 푼다
나를 달래줄 수 있는 것들이래야
그들뿐이니까

내 등짐은 모두가 살아있다
귀뚜라미가 울면
내 등에서도 따라 울고
새가 날면 내 등에서도 휘익 난다

강물이 흐르고
바다와 산이 그대로고, 다만
보고 싶은 숙이만 어디에 숨었는지
아무리 뒤적여도 보이지 않는다.

사랑의 침묵

가을에는 아무 말하지 마세요
아름답다거나 사랑한다거나
흰 눈이 쌓일 때까지만 약속해요
위험한 계절에 자칫 속삭이다가
낙엽들과 함께 떠나고 말 테니까
침묵으로 나를 지켜만 봐 주세요
나도 침묵으로 그대를 보리니
흰 눈이 내려
우리들을 축복해 줄 때까지
우리 둘 같이 봉함해 줄 때까지
그때까지 서로 속으로만 사랑해요.

하늘엔 님도 없고 신(神)도 없더라

하늘에 닿았다
지구에서 보았던 별들의 빛은
아무리 둘러보아도 없었다
그래도 빛 하나 찾으려고
총총 다 붙은 별들을 징검다리 건너듯
허기지는 줄 모르고 헤매 다녔다
묘한 것은 하느님도 없었다
이제는 태양과 달과 별들을 보면서
님 생각을 말아야지
저 별이 님의 별이라고 밤새 쳐다보며
눈물 흘리지 말아야지.

25

눈은 내리고

남녘에 내리는 눈은
그냥 눈이 아니다
사푼사푼 내려앉는 저 모습

어젯밤 꿈에
숙이가 빙그레 웃으며
단숨에 천리 길을 왔단다

자고 나니 허전하다
숙이는 없고
소복소복 눈이 쌓여 있다

눈을 뭉쳐 눈썹과 입, 코를
붙이고 나니
흡사 숙이를 닮았다

그토록 보고 싶던 숙이
안아줄 수 없어 안타깝다
할 말 못하여 답답하다

주전자에 물은 끓는데
차 한 잔, 못 전하는 심정

내 가슴이 얼어 붙는다

태양이여
나의 오랜 스승이여!
저 몸에 피가 돌게 하소서.

바다는 옷을 입지 않는다

그대에게 바칠 그리움

내 마음상자 가득
빛나는 보석들이
그대를 기다리고 있어요

그대 떠난 날부터
하나 둘 쌓이기 시작
하얗게 세월이 변할수록
자꾸만 불어나고 있어요

그때는 몹시도 가난하여
가슴 아팠지만, 지금은
가지각색

그대여!
헤어진 지 너무 오래 되어
꿈길에서 만난다 해도
그냥 스칠 것만 같아요

가득찬 상자
이젠 너무 무거워
몸을 지탱하기도 어려워요

점점 숨이 차다구요
나, 떠나기 전
보여주고 싶어요
아니, 다 바치고 싶어요.

종이비행기로 띄우는 편지

육도 윤회 중 인간 세상에 너와 나 태어나서
긴 인연 못됨을 평생 후회하며 살다가
나, 어느날 육신을 버릴 때
쌓이고 쌓인 후회 한꺼번에 무너져 내릴 일
생각하면 할수록 아찔아찔하단다
그토록 내밀고 내밀던 손
단 한 번도 잡아주지 못했기에
그때는 몰랐는데!
죄가 된 느낌표, 지팡이처럼 끌고 다니는 몸
살아도 산 것 같지 않은 나를
넌 벌써 까맣게 잊고 있겠지!
아니지, 무안해 거둬들인 자신이 부끄러워
어디론가 멀리 자취를 감췄거나
떠도는 소문대로 이 세상을 떠났다면
그게 확실하다면
당장 이 몸 벗고 찾아 나서고 싶지만
남은 다섯 세상 중 어느 곳부터 찾는단 말인가
강변을 거닐다 강물 위 오리들을 만나면
그 속에 네가 있을 듯
해변을 거닐다 갈매기들 만나면
그 속에 네가 있을 듯
네 이름 불러봐야 전생의 네 이름 모를 테고

30

네가 나를 본들 전생에 본 내 얼굴 모를 일이니
애달프다, 애달프다, 가슴 찢어지도록 애달프다.

파도

나는 그에게 손짓하지 않아도
그는 쉴 새 없이 내게 손짓한다
나는 그의 이름을 불러주지 않아도
그는 언제나 내 이름을 불러준다

내가 그를 불러주지 않고, 손짓해
주지 않는 것은
가슴 속에 잠재워 둔 그리움 하나
간직해 있기 때문이다

어쩔 줄 몰라 멍청하게 서 있는
내 속마음을 모르는 그는
산더미 같은 대군을 앞세워
나를 제 품에 안으려 한다

나도 안다
그가 나를 얼마나 사랑하는지를,
하지만 우리 둘은 그저 멀리서
바라만 보아야 한다

32

사랑해 줄 수 있다면
오죽이나 좋으련만

별이라도 될 수 있다면 몰라도
아직은 그를 사랑해 줄 수가 없다.

이제나 저제나

이승에서 너를 찾기란
생시와 꿈, 모두 합쳐 어언 50년
이승에서 널 찾기란 이제 너무 지쳐
저승 갈 때가 다가오니 오히려
지쳐서 무너지는 쪽이 낫겠다면
너무 반가움도 병이라면 병
당신이 이 세상을 빠져 나갔다는
소문이 확실하다면
님아!
새로운 짝을 이루지 말고
천 년이고 만 년이고 기다려다오
돌배나무에 사과가 매달리기 전
내 뒤돌아보지 않고
온 힘을 다하여 단숨이 달려가
귀신같이 찾아낼 테니.

그리움의 열병

띄엄띄엄 흩어져 있던 구름떼들이
목마른 나의 그리움이 논바닥처럼 갈라질까 봐
저 강렬한 태양의 여신에 의해 미라가 될까 봐
하늘 한가운데로 모여들고 있다
아니, 그리움의 웅덩이를 메워 주려고
차비를 차리고 있는 중인지도 모른다

며칠째 아침마다 머리를 감고 나면 한 웅큼씩
빠져 나오는 머리카락
기도를 끝내고
숨 가쁘게 옥상을 올라와 보니
그새 하늘이 온통 구름으로 가려져 있다
기도의 효험으로 열병에서 헤어나게 될 모양이다

장마철도 아닌 가을날, 장대비가 쏟아져 내린다
갑자기 허수아비가 된 나
뼛속까지 적셔 보지만
온몸은 계속 탄다
무서운 열병!
이 불씨를 없애는 방법을 그녀만이 알고 있으니!

님 그리워

산에서 바라보면
내 님 바다에 있어
바다에 가면
님 보이지 않고

바다에서 바라보면
내 님 산에 있어
산에 가면
님은 없고
오로지 그리움뿐

보이는 곳마다
가면 없나니
그 어디
님 있으랴

눈 밖에 없으면
눈 안에 있을 듯
두 눈 감으면
보이긴 해도
너무 멀어서.

36

행복한 눈물

평생동안 그리움으로 살아온
하늘과 나는
여름 어느날 지치도록 울어댔다

하늘과 나의 눈물은
바다로, 바다로 가서
함께 살기로 했다

아무도 침범하지 못하도록
수평선을 쳐 놓고
나의 눈물은 행복하게 살고 있다

바닷가에는 해조음이
섬에는 새들의 노래
우리는 낙원에서 살고 있다

슬픔에 잠긴 자(者)들이여!
그리움에 목마른 자(者)들이여!
오라, 바다로. 바다로 오라.

제2부

이상한 계절

바다는 옷을 입지 않는다

부끄러울 것이 없어 가린 곳이
없는 바다
마음 속까지 열어 보이지 않고는
그의 질 속으로 들어설 수 없단다

수평선 하나 그어 놓고
알몸으로 누워있는 까닭은
유혹이 아닌, 비운 자에게
최대의 쾌감을 베풀기 위해서다

가장 이상적인
바다의 삶은 영원한 오르가슴
아무도 이뤄낼 수 없는 예술이며
쾌락의 전당(殿堂)이란다.

세월에 대하여

세월은 내게 뿌리를 내리지 않는다
수양버들 회초리 같은 걸로
매일같이 후려치기만 할 뿐

아무도 이길 자(者) 없는 그에게 투약할
독약은 없을까
나. 세월. 둘 중 하나는 죽어야 한다

우리 사이는 음양오행이 맞지 않는다
그뿐인가, 원진살과
상충살이 끼어 하나는 사라져야 한다

벼락도 비껴가는 세월을 무슨 수로
대응하랴, 세월도 씨앗이 있다면
이 가슴에 심어보련

그렇다고 제 정신이 아닌 그에게
사내대장부가 아부하기란
체통이 말이 아니고, 그 참!

태양과 달과 그리고 별들을 향해
쉴새없이 총알을 퍼붓자
아예, 오대양 깊숙이 수몰을 시키자.

운명의 실타래

태어나서 여태껏 나로부터
풀려 나간 타래의 실이
십 만억 국토를 훌쩍 넘어
서방정토에까지 다다랐는지
매듭 또한 없는지

타래에
남은 실만 잘 풀려 나간다면
이 목숨 딸깍함과 동시
광선을 타듯, 수 초 내에
서방정토에 가 닿겠다만

술 취한 사람처럼 걸어왔기에
다른 사람의 실에 비해
헐렁할지 몰라도
세상에서 가장 비밀스런 곳
그곳에 가고파 손꼽아 기다린다.

오염 · 1

숲에 난리가 났다
아무 이유도 없이 뿌리채 뽑히는가 하면
어떤 나무는 찐득찐득한 피를 흘리며
나뒹굴고 있다
숲과 나는 오래 전부터 친구다
조금 늦게 왔어도 영영 못 볼 친구들이다
이미 목숨이 끊어진 친구가 많다
두 발 가진 놈들이
야비하게 한 발 가진 상대를 이유도 없이
무차별 공격을 하다니
야! 살아있는 나무들아, 내 말 들리느냐
나 있는 데로 포복을 해
너희들은 다시 살 수 있어
동지들의 원수를 갚아야지
나와 함께 청와대로 가는 거야
청와대 숲들을 모조리 뽑아 버리는 거야
가자구! 서울 장안이 요란한 틈을 타서.

43

오염 · 2

자기 가슴에 맺힌 한을 제 손으로
쳐 보지도 못하는 목련
한(恨)은 원래 푸른 것이 아니라
흰 것이다
원한 많은 꽃일수록
사람들은 그들을 보고
아름답다니 향기롭다니 별별 수다를 떤다
목련을 제외하면 잎 먼저 피고
나중에 꽃을 피우는 것들은
우선 보기만 아름다울 뿐이지
사람들이 보지 않는 밤이면
제 가슴 치느라 밤을 지샌다
이유는 다른 세상 두고
더럽고 추한 지구에 태어났기 때문
한 번 지구에 떨어지면
4억3천2백만 년을 두고 생사를 거듭
불가능은 없다 지구만 정화된다면.

44

오염 · 3

하늘이 점점 무거워지고 있다
기울고 있다
기우는 쪽부터 기둥을 세우느라
땀과 뒤범벅된 사람들

하늘이 점점 분노하고 있다
온 우주를 집적거리는 인간들
이 참에 담판을 내려고
지진 계획까지 설계하고 있다

이제 지구는 불안전하다
제3지대를 찾지 못하면
엄청나게 세우는 기둥에 끼워
모두는 압사할 것이다

평행선에서 이탈된 하늘에게
지층 속 공간들과
받쳐 둔 기둥들이
엄청난 계획에 노출되어 있다.

오염 · 4

비야
비야!
나는 너를 기다렸다
내 몸에 묻은 것과
모든 기억들을
지우고 싶었기에

이 세상
네가 아니면 어느 누가
나를 챙겨줄 텐가
네 몸도 상한 몸이지만
어디 나에게 견주랴
이 만신창이와

21세기 유전자들아
찢기고 부러진
패잔병 같은 일행들아
다시는 지구를
오염시키지 말고
어서 서둘러 떠나거라.

| 진진욱 제12시집

가을 축제

방제용 헬기가 가을 햇살을 쏟아 붓는다
불길이 치솟는 화염 속으로
미친 자들이 마구 뛰어드는가 하면
일부는 바위 끝에 올라서서
구조요청은 고사하고
환희의 탄성을 지르며 손을 마구 흔든다
모두가 가을 불길에 미쳐 버렸다
겁에 질린 짐승들은 모두가 놀라
한 마리도 보이지 않는데, 유독
인간들만 아우성이다
참 이상한 일이다
그 불길 속에서 몇 시간을 머물다 나온
사람들 치고
단 한 사람도 화상을 입은 자가 없다
분명, 간밤에 꿈이라는 꿈은 모조리 다
꾸었는데, 아직도 내가 꿈 속에 있단 말인가.

강제 철거

누구보다도 집 없는 설움을
더 잘 아는 내가
내 땅도 아닌 곳에 애써 지은
거미집 두 채를
눈 깜짝할 사이에 사정없이
내려쳤다
졸지에 땅바닥으로 내동댕이쳐
떨고 있는 거미

무일푼의 내 신세에 비하면
별 것 아닌 것 같지만
이 무더운 삼복에
또 다시 집을 지으려면
제 몸에 감춰 둔 보석 같은
은실을 수없이 뽑아야 됨을
비지땀을 흘려야 됨을
그래, 그걸 내가 왜 몰랐을까.

48

이상한 계절

국법을 어긴 화냥년들이 아랫도리를
들춰 내놓고
색깔 짙은 윗도리만 걸쳐 입은 채
뭇 사내들을 끌어 모은다

사타구니의 조막만한 배낭을 두고도
등 뒤에 바위만한 배낭을 짊어지고
화냥년들을 만나기 위해
비지땀을 흘려가며 기어오르는 사내들

숨차게 올라가서
온 종일 얼마나 비벼댔는지
하산하는 사내들의 걸음걸이마다
관절이 꼬여 비실거린다

그건 그렇다 치고 여인네들은 그 속에
들어가 무슨 짓을 했는지
물어보지 않고서는 알 수가 없다
이상한 계절, 참 이상한 일요일이다.

지구는 지금

바다와 뭍의 전쟁은 끝이 없습니다
간혹 휴전은 있지만
고작 몇 초

누가 나쁘다고 지적할 수 없는 전쟁
뭍에서 버려지는 이물질 때문에
바다는 숨을 쉴 수 없답니다

뭍은 뭍대로
뭍의 뼈와 살과 창자를 삼키려는
바다가 원수랍니다

쉴 새 없는 이들의 전쟁을
하늘이 재미가 나는지, 낮에는 태양
밤엔 달을 띄웁니다

사실, 이들의 전쟁을 일으키는 자(者)는
인간들입니다
온갖 불순물을 버리고 매립까지

50

이런 식으로 계속 밀어 붙인다면
생태계는 고질병에 걸려

지구와 함께 영원히 사라질 것입니다

나는 살아야겠습니다
내가 살기 위해 나만이라도
바다와 물을 오염시키지 않겠습니다.

바다는 옷을 입지 않는다

100점짜리 인생

산동네에 사나니
침수될 일 없어 만점이며
달셋방에 사나니
재산세 없어 만점이며
연탄 살 돈 없으니
가스 마실 리 없어 만점이며
병원 갈 돈 없어 병을
약으로 삼으니 만점이며
포식할 양식 없으니
새 옷 사지 않아 만점이며
홀로 살아가나니
잔소리 없어 만점이며
배운 것 없으니
따질 일 없어 만점이며
종교를 가졌으니
의지할 데 있어 만점이며
늙었다고 생각하니
떠날 날 가까워 만점이며
모아둔 것 없으니
뒤돌아볼 일 없어 만점이다.

일출과 일몰

새벽바다, 검은 안개가 걷히자마자
둥글고 붉은 눈부신 괴물체 하나가
풍선처럼 서서히 몸을 일으키며
바라보는 자들로 하여금
지난 밤 꿈을 모조리 잊게 한다

긴 여정으로 목이 마르나 보다
강물과 호수
바다의 물들을 빨아올려
목을 축여 가며 흔들림없이
언제나 그랬듯이 외길로 가고 있다

저 눈부신 광채를 지상에 뿌리기 위해
지난 밤 내내
하늘을 달과 별들에게 맡겨 두고
천 길 낭떠러지 밑에 숨어
산통을 겪었나 보다

내일의 새로운 태동과
광선의 머리카락들을 발아하기 위해
불타는 몸으로 서산마루에 안착
온 숲에 불을 지른 뒤
능구렁이 담을 넘듯 사라지고 없다.

53

초저녁

산이 바다에 혀 끝을 조금 내밀더니
짭짤한 맛이 구미에 당기는지
야금야금 먹기 시작

실컷 다 빨아먹고
불을 대로 불은 헛바닥을 거두어
제 자리로 돌아가 능청맞게 서 있다.

새소리

숲속에 앉아 있노라니
새소리도 다양하다
저 소리, 소리들!
명주실을 뽑듯
뽑아낼 수 있다면
베틀에 넣어, 베를 짜서
새 모양으로 잘라
삭막한 도시의 빌딩마다
하나씩 붙여 놓으면
온갖 새 소리
가는 곳마다 들을 수 있어
숲에 가지 않아도 되겠다
공해가 기겁을 하겠다.

55

늙은 목마

나뭇가지에서 떨어져 내린 낙엽 한 쌍
내리자마자 운 좋게 목마에 탔다
기다릴 이 없어 졸고 있던 목마
이 참에 동네 한 바퀴 돌겠다는데
난데없는 바람이 손님 한 쌍을
잽싸게 낚아채 간다
어이가 없어 고개 떨군 목마
허전한 등살에 개미가 모여든다
이빨 사이가 듬성듬성한 노마
주름이 져야 할 곳에 골이 패였다
비가 세차게 내린다
일생을 참아왔던 눈물을 한꺼번에
빗줄기 사이사이에 쏟아 붓는다
기다리던 죽음이 서서히 다가온다.

56

내 마음의 섬

텅 빈 가슴에
섬 하나 옮겨 놓았다
살 맛이 나는 건 나뿐이 아니다
바깥 구경을 못하던 세포들이
섬에서 조개를 파고
고동을 줍고
굴을 까고 미역을 뜯는다
그뿐인가
밤이면 섬의 하늘에
수많은 별들이 깜박여
언제나 홀로였던 마음과
언제나 홀로였던 나는
환호성을 지르며 죽음을 포기
끝없이 펼쳐진 잔잔한 물결 위에
오색 종이배를 연신 띄운다.

초아흐렛 달

해를 따라 뒤늦게 펄쩍
하늘로 뛰어 올랐다가
물길을 찾지 못해 애태우는
초아흐렛 달
이유를 물었더니, 그는
달이 아니고 물컹물컹한 해파리란다
그래서 앞서가는 해를 따라가면
물길이 있으리라, 악을 쓰고 따라간단다
해야, 해야!
걸음 좀 늦춰 주어라
너 먼저 바다 속으로 기어들면
저 해파리를 어떡하라고,
피가 펄펄 끓는 젊은 너는
핏기도 없이 물컹한 저 해파리가
불쌍하지도 않느냐
쯧쯧쯧!
젊었다고 뒤돌아보지도 않고 내달리더니
그도 길을 잃었는지
탱자나무 울타리에 처박혀
저, 저녁 하늘에 퍼지는 해의 핏물 좀 봐
달아, 달아
아니, 해파리야!

58

날은 저물고 이제 넌 어떡할 셈이냐
보아하니 아직, 천리 길도 더 남았는데.

제3부

차창 밖의 미희들

세월 · 1

과거는 나로부터
기겁을 하고 달아났고
미래는
내가
여기 있는 줄도 모르고
죽자 사자 다가온다

저 미련한 미래와도
대판
결전이 벌어질지 모른다
세월은 외길
내가 살아있는 한
피할 길이 전혀 없다.

세월 · 2

새는 날아가고
곰은 기어가고
게는 옆으로 가는데
세월은
비행기를 타고
기차를 타고, 혹은
뛰거나 걸어서 가는 걸까
그 거대한 몸을
분산하지 않으면, 한 발도
움직일 수 없는 세월
콧구멍이 간지럽다.

한밤중

잠결에 일어나 창문을 열어 보니
세상은 하나같이 잠들어 있는데
멀리 하늘에 등 굽은 우리 어머니
하얀 고무신 꿰매느라 잠 못 이루시네.

노을

그대, 노을이여
아침에도 내게 그 붉은 입술로
키스를 해 주더니
해질녘에도 어김없이 내게
키스를 해 주는군요

밤, 이슥하면 그대가 낳은
헤아릴 수 없는
우리들의 아이들
저들끼리 하늘에서
새근새근 잠들고 있겠지요.

장미와 나

눈길을 끌어당기는 저 수작
그가 입은 가시옷을 보면서도
보면 볼수록
아랫도리가 비실비실 꼬인다

요염한 것이 죽어서
요염한 꽃으로 태어나
추남인 나를 유혹
전생에 나와 무슨 인연일까

마음 같으면 끌어안고 싶지만
온몸을 감싸고 있는 가시를 보면
내 몸에 에이즈 균을 침투
함께 죽기를 원하는 것 같다

미녀들은 자결을 좋아하는 걸까
땅바닥에 썩은 시신들이
꼴사납게 삭아내리고 있다
미녀들이여! 그래도 모르겠는가

진정하게 아름다운 꽃은
숨을 거둔 뒤가 아름답다

내가 죽거든 보아라
화장터 가마에 필 내 붉은 꽃을.

소식

소나기 한 줄기 퍼붓더니
해질녘
양털 같은 구름마다
봉선화꽃 꽃물들이네
살 같은 세월
누님한테 전화 걸어
안부나 여쭤볼까.

죄에 대하여

그리워하는 것도 죄인가
그게 죄라면
사랑하는 것은 완전범죄란 말인가
그럼, 나는 사형수다
이 세상 떨친 것이 너무 많으니까
눈에 보이는 것들은
지금 이 순간에도 사랑하니까.

이슬과 나

풀잎에 맺힌 이슬
그것은
내 본래의 양심이다

그것이 떨어졌을 때
나의 면목도
함께 떨어진다

이슬이 분해된 자리
햇살이 걸터 앉으면
나의 존재는 없다

매일 밤 자고나면
풀잎은 또 나의 양심을
받쳐들고 있다

영원히 지탱되는 면목은
세상에 없나 보다
너절한 땅바닥이 싫다

안절부절 본의 아니게
살아온 삶
나의 양심이 불쌍하다.

삶의 매력

지금 내게 내려진 삶은
아슬아슬한 삶
어떻게 보면 매력이 있다

죽어서는 뭣이 될꼬
벼랑 끝 돌 틈 사이에
한 그루 청솔로 살고 싶다

천 년, 만 년
무엇으로 태어나든
어질어질, 아슬아슬 살고 싶다

이미 몸에 배여 있기에
내버리기가 아깝다
잡초면 어때, 목숨이 문제지.

71

영원한 고향

내
나를 찾아 떠나노니 아무도
슬퍼하지 말아다오

내
나를 찾아 떠나노니 비웃지도
손뼉도 치지 마오

영원히 살아갈 내 고향
먼저 간 동생들과 함께
나, 무척 행복하게 살아갈 테니.

차창 밖의 미희들

이 겨울만 넘기면 화려하게 변신할
차창 밖 산비탈에 발가벗고 늘어 서 있는
저 갈색 미희들을 두고
수박 겉 핥듯 산언저리만 오가는 열차

허영끼 많은 세상에 순 알몸 한 번 보라며
실오라기 하나 걸치지 않고
둔부까지 드러낸 나신들의 사열 앞에
열차는 질주. 열차 속에 탄 나는 정지

봄이 되면 물기 잔뜩 차 올라
상체에 녹색 블라우스를 걸치고 손에도 꽃
앞가슴 뒷가슴에도 꽃, 머리에도 꽃
사방에 펼쳐 놓을 미희들의 꽃물결

먼 발치에서 바라보아야 하는 이유 하나로
분간할 수 없는 저 미희들의 이름은
복숭아 아니면 매화
사과나무 아니면 배나무.

73

이유 없는 이별

알사탕 같은 그리움
가슴으로 녹이면서
그 단맛에 취해
졸음도 잊고
한밤을 지샌다

이 밤도 포장마차에서
쓰디쓴 술을
마시고 있을 그녀
그녀가 왜 그러는지
알 수가 없다

죽도록 사랑한 것 외는
그녀도 나도
오해할 일이 아무것도 없다
그녀와는 달리
사탕이 너무 달다

그대여!
태양의 음성을 들었는가
밤하늘을 보라
저 달마저 우릴
처음 길로 되돌아가란다.

74

가을밤

그대 떠나고, 빈 논
허수아비처럼 서 있는 나
뒤따르고 싶지만
운명의 동아줄에 매여
몸부림만 치고 있다

꽃잎 지듯 나 죽어
그래도 찾지 못한다면
무간지옥에 떨어진다 해도
영영 잊지 못할
그대

시계가 자정을 알린다
저 소리, 얼마나 더 들어야
동아줄에서 풀려
그대 머무는 세상으로
달려갈 수 있을까

오늘처럼 달 밝으면
돋보기가 없어도
찾아가기 좋으련만!
소쩍새 소리 지르고
눈물은 내가 흘리는 가을밤.

님

봄은 밤 밭에까지 올라와
밤꽃을 피우는데
내 님은 올해도 소식 없어라

밤꽃이 지고 나면
때는 이미 늦어
온다 한들, 꽃도 밤도 틀렸네.

해마다 가을이면

가을은 나뭇잎도 꽃이 된다
멀리서 보면 꽃보다 아름답다
죽기 전에 필사적으로
속내까지 드러내는 걸까
나의 속내는 가을만 되면
아파리가 우수수 떨어져
뿌리가 들썩이며
그 자리 깊숙한 우물처럼
그리움 가득 고인다

가을이 되면 아무도 나를
이름을 불러주지 않는다
나무라 부를지
꽃이라 부를지
그래!
이대로 있을 수 없다
가득 고인 그리움에
낙엽들을 끌어 모아
달집처럼 활활 태워 버리자.

경이에게 남기는 글

얼굴도 모른 채, 펜팔 3년
무소식 25년
그러던 어느 여름날
타나 남은 뙤약볕의
잿불 같은 노을이 창가에 스미는
한산한 다방에서
그대와 나의 첫 만남은
중년이 아닌 펜팔 때의 그 앳됨

쥐구멍만한 셋방살이에
쥐와 다를 바 없었던 그 시기
세상에 태어나 가장 외로웠을 때
행복이라는 걸 느끼게 해 준, 그대
그러나 행복의 마침표는
난데없이 바위처럼 굴러와
깊은 상처와 무거운 짐을 짊어진
그대 옆에 멈춰서고 말았다

신(神)의 노략질에 안타깝도록 짧았던
우리들의 행복
세월이 뛰었는가 우리가 뛰었는가
그 행복했던 만남도 강산을 수십 번

78

훌쩍 뛰어넘은 지금
쥐구멍에 살고 있는 나는 괜찮다만
수척해진 그대 모습만 떠오르면
붉은 꽃만 봐도 그대의 각혈 같아

나의 작은 쥐구멍에 매일같이
그대 모습을 밀어 넣는 저녁노을
이 암담한 구멍에서 벗어나야
그대 짐을 덜어줄 텐데
그대 상처 말끔히 지워줄 텐데
밤마다 하늘을 바라보면
전화기의 그대 마지막 목소리가
파편처럼 박혀 벌벌 떨고 있단다.

가을

산에는 억새
들에는 꽃들이
도심에는 인파가 물결친다
그렇다!
내 작은 가슴에도 그리움이 인다.

민들레 홀씨

육신을 떠나
하얀 영혼이 바람을 타고
다시 태어나기 위해
사방으로 날고 있다
잔디밭에 떨어지는 게
있는가 하면
거미줄에 걸리는 것도 있다
멀리서 누군가가
전생의 선과 악에 따라
리모콘으로 조절을 하나 보다.

제4부

금목서 향기에
취하다

숲

미쳤다
미쳤어!
확실히 미쳤다

한쪽에서 밀면
또 다른 쪽에서 밀고
여편네들의 싸움 같다

돋보기를 꺼내 끼고
유심히 살펴보니
미친 놈은 바람이었다.

| 진진욱 제12시집

육신과 영혼의 교신

하늘에 사는 영혼이
무덤 속에 벗어둔 육신이 그리우면
비를 내린다
해골만 남은 무덤이
그의 교신을 눈치 채고
풀잎을 흔들거나 꽃을 흔들어댄다
한겨울에는 육신과 교신이 끊겨
영혼이 발을 동동 구르며
솜이불을 겹겹이 덮어주고 난 뒤
교신이 이루어질 때까지
그리움을 잠재우기 위해
구름을 타고 다니며 여행을 한다
겨울잠에서 깨어날 때까지는
기다릴 수 밖에
나의 육신이여! 편히 푹 잠들어라.

시작詩作

이리저리 목을 쭉 빼어
뭔가를 열심히 찾다가
자신이 없는 내 머리와 눈

게으른 나는 눈 뜨기가 싫어
눈을 자주 감는 버릇이 있다

하! 저 엄청난 것들 좀 봐라
운문이 될지, 산문이 될지
이것저것
무조건 끼워 맞춰 보기다

잡종은 나를 위해
망신당하기 전에 물러가라.

봄날에

생일선물로 받은 난(蘭)
아름다운 미모에
은은하게 풍기는 향기
나의 탄생 때도
이처럼 향기가 났을까

내가 여체(女體)를 본 지 5년
그래서 그럴까
난(蘭)도 나를 닮았는지
5년째
꽃을 피우지 않는다

꽃은 피우지 못하면서
물만 들이키는 그,
거울 속 나처럼
작은 희망이라도 있는지
창밖을 바라보고 있다.

꽃밭에서

꽃을 만지작거리는 소녀
꽃보다 아름다운 소녀
머리 위에 나비가
앉은 줄도 모르는 소녀야
봄볕에
얼굴 타 드는 줄도 모르는
천진난만한 소녀
봄이 몰래 훔쳐 보는
아가 같은 소녀야
오늘처럼 늘 아가 같아라.

그, 봐!

봄은 사랑하기 좋은 계절
가을은 헤어지기 좋은 계절
여름에 뜨겁게 사랑하더니
겨울엔 그리움마저 꽁꽁 얼었잖니.

해질녘

구름 가네
저들끼리 하늘 높이
말없이 가고 있네

같이 가자 한들
발목이 묶여
갈 수 없는 이 몸

저 높은 산 너머
강을 낀 5일 장터에
가설극장이라도 들어섰는지

새들은 가다가
되돌아오고
구름만 계속 떼지어 가네.

다른 점

너는 사방이 확 트인 나무 위에
네 소유의 둥지를 지어 살지만
나는 납작 엎드린 천막집 속에
그것도 내 소유가 아닌 곳에 살아
너와 나, 엄청난 차이가 있구나
너는 양 날개가 있어
하늘과 땅, 가리지 않고 다니지만
나는 두 다리로 땅바닥에만 다녀
이 또한 다르며
너는 즉흥적인 성격이어서
가슴 속에 묻어 둘 줄을 모르지만
나는 그렇지 못해
불순물이 가슴 속에 가득 차 있어
이마저 엄청난 차이가 있지만
용케도 닮은 점이 있다면
우리가 지금 살아있다는 점과
훗날 사선(死線)을 넘어
이 지구 밖을 떠나야 된다는 것
이외는 닮은 점이 하나도 없구나.

91

닮은 점

흰 구름도 가슴에 웅어리질 때가
있나 보다
웅어리 발효되어
눈물 쏟아 부을 때 있나 보다
세상 사람과 하나도 다를 바 없이.

별표를 누르세요

해는 동쪽에서 서쪽으로만 가고
물은 위에서 아래로만 흐르고
사잇길마다
새도 날아가고
구름도 떼지어 가고
넋 빠진 나만
교차로에서 갈 길을 더듬고 있다.

93

갈대밭

해운대 쪽 수평선에서
살며시 떠오르는 태양
지금, 아슬아슬
광안대교를 건너고 있다
다리에는 자동차들이 과속으로
질주하고
그 아래, 바닷물이
시퍼런 날을 세우고 있다
몸뚱이라고는 둥글고 시뻘건
눈알 하나
어쩌자고 저 몸으로 겁도 없이
긴 대교를 건너는 걸까
영도와 송도
다대포로 지나갈 모양이다
을숙도 갈대밭에 숨었다가
몰래 달을 만날 낌새다
망가져 못쓸 지구를
폭파시키려는 속셈인지도 모른다.

94

조화

산이 아무리 좋아도
산새소리 없으면 그만이다

들녘이 아무리 넉넉해도
들꽃 없으면 그만이다

기적소리 울어대면
첫사랑에 눈물 나고

살림이 부자라도
아내 없으면 그만

세상 조화를 누가 이렇게
빈틈없이 만들었는지

밤이 오고, 밤 꼬리에
내일이 끌려오고 있구나.

서녘 하늘

서녘 하늘에서 놀던
백의천사(白衣天使)들을 노을이 덮쳐
발갛게 달궈 놓았다

헤아릴 수 없는 기러기떼
기겁을 하고 도망을 가지만
줄지어 날아가니, 말세 인간에 비하랴.

겨울잠을 위하여

서로의 모습 잊혀지기 전에
국화꽃 향기보다 부드러운
금목서 꽃향기에 흠뻑 젖어 보자

혼자 사는 쓸쓸한 시월
아무도 달래줄 이 없는 계절
그 향기 심연에 담아 겨울을 맞자

문풍지 울어대는 계절
날마다 긴긴 밤 어이 지내리
마음까지 텅 비어 어이 지내리

그 향기 가슴 가득 채워
금목서 꽃이 다시 필 때까지
꿈길 거닐며 옛사랑에 취해 보자.

효자

내 나이 국민학교에
입학하기 전쯤
저녁밥을 먹고 난 후
잠들 무렵이면
울 아부지, 옴마
일본말을 주고 받기 일쑤였다

나중에
자라면서
생각해 본 적
우리 형제들 잠든 후
한 번 하자는
대화였다

나는 결혼한 후
둘째가 대여섯 살 되던 해
대낮에 아내와 함께
그 일 비슷한 짓 하다가
둘째한테 들켰는데
방문을 열자마자, 왈
"괜찮아요, 재미있게 하세요."
홍당무가 쓰러지고 말았다.

98

담배

그들은 하나같이 나를 떠나
하얀 드레스 자락을 날리며
미련없이 훨훨
하늘로 오르고
떠나 보낸 슬픔에 울어야 할
나는 오히려
너무 행복해 빙빙 어지럽다
매일같이 스무 명을 보내고
스무 번의 재미를 보는 나는
변강쇠의 만형이다.

해와 달

좌청룡 우백호가 해를 꼴깍 삼키더니
어디서 매일 생겨나는지
오늘도 엄청나게 입을 벌리고 있는 그곳으로
해 하나 또 빨려들고 있다

망개도 크기가 다 다른 법, 유독
해만이 다른 곳이 하나 없다
지장보살과 문수보살이 도술을 쓰는지
아침마다 쑥쑥 불거지는 괴이한 현상
이러다가 나도 돌돌 뭉쳐 잡아 먹힐지 몰라

벌레가 파 먹는 달은 맛이 없는지 외면하지만
달은 항상 겁에 질려 간이 오므라졌다 펴졌다
반복을 일삼는다
태초 이래 끈질기게 목숨을 이어가는 달
강강수월래 강강수월래.

100

금목서 향기에 취하다

심하게 빨려드는 향기가
온몸에 퍼져
뇌와 눈, 사지(四肢)가 혼선을 빚어
금목서 나무와 꽃을 여인 보듯 하다

짙푸른 청색 옷에 등황색 꽃으로
치장을 한 요녀(妖女)
몸은 손대지 말고
향기만 마음껏 애무를 허락한단다

글쎄, 그게 맘대로 안 되는 것이
아래쪽으로부터 심하게 치솟아 오른
정욕이 불꽃이 되어
가슴을 달구고 있기 때문이다

여학생 하나 없는 남고(男高) 정원에
창녀처럼 줄지어 선
금목서의 대열
화장실 벽면에 정액이 메말라 있다.

101

제 5 부

짧은 계절은 끝나고

전어잡이

전어를 잡으러 가는 친구를 따라
작은 배에 올라탔다
한바다를 나가지 않아도 잡히는지
다대포와 송도 앞바다를 오가며
그물을 넣었다가 건지기를 반복
몇 차례를 거듭해도 전어는 안 걸렸다
혹시 내가 따라가서
부정을 타지나 않았나 생각하니
차라리 내가 전어가 되어주고 싶었다
반나절 동안 허탕을 친 친구는
"씨팔것" 하며 뱃머리를 돌린다
그래도 팔 것이 있어서 천만다행이다.

| 진진욱 제12시집

팽이

누가 나에게 채찍질을 해 주지 않으면
나는 기절한다
죽어야 한다

누가 내게 채찍질을 가해 주면
나는 다시 살아난다
세상도 함께 살아나 부산하다

죽지 않으려면 얻어 맞아야 하는 세상
치지 않으면 죽는 세상
나 하나만 맞으면 세상이 아름답다.

가로등

무슨 죄를 지었기에 하늘 한 번
쳐다보지 못하고
평생을 다하도록 고개 숙여 있을까

무슨 사연 길고 길기에 밤마다
외눈 하나로
오가는 이들 더듬고 있을까

고래 심줄 같은 고집에다 냉정하고
무뚝뚝한 표정에
정(情)이라고는 찾아볼 수 없는 그

별별 세상
별별 인연
그래, 그에게도 사랑하는 이 있었겠지

눈알이 충혈되도록
눈동자 한 번 굴리지 않고 오로지
한 곳에만 집중, 목이 반쯤 구부러진 그

내가 알지
비바람 찬이슬 맞아가며
님 찾으려는 그 마음 내가 모를 리 없지.

게에 대하여

게가 옆으로 기어다니는 것은
파도가 싫어서가 아니다
상어가 무서워서도 아니다
단지, 세월
그 지긋지긋한 것과 마주치기 싫어
일생동안 고역을 치르는 것이다

그뿐인가, 많고 많은 생명체들과
함께 하기 싫어
정 나누기 싫어
날마다 관절을 절며
죽을 때까지 옆으로 기어다니는
그는, 전생에 승려인지도 모른다

누구든, 무엇이든, 한 번 맺은 인연
언젠가는 헤어져야 하기에
바닷물보다 짠 눈물을 흘리기 싫어
색안경을 쓰고 다니는지 모른다
깊고 깊은 산 속에 살다가 환생하여
바다 구경 나온 승려인지 모른다.

삶의 덫

자유는 엊그제 밤 꿈으로 끝나고
이제부터는 완전한 구속이다
덫을 친 자(者)들의 미소가
온몸을 조여들게 한다

하늘에 누가 무엇이 있다고 말했는가
말도 안 되는 소리
그도 한 패거리다
포수들의 신주(神主)다

혈관이 끊어질 듯 참기 어렵다
뜯어 먹으려면
어서 내게 종말을 맞게 하라
오래 되면 너도 허사다

내 스스로 혀를 깨물어
그들이 오기 전에
숨겨 버릴까
헐벗은 구더기들이나 배를 채우게

그들은 혀를 차며 돌아가리라
그들도 언젠가는 덫에 걸릴 때가 있겠지

나는 그들을 먹지 않으리다
더러운 양심이 흐르는 살코기를

나의 새끼들이 바위틈에서 보고 있다
결코 가만히 있지 않으리라
나는 자유와 평화를 갈구한다
늦기 전에 어서 덫을 거두어라.

어설픈 명함

지인의 소개로 길거리에서 서로
명함을 주고 받았다
상대방 명함이 아주 건방지다
사람 이름은커녕 짐승 이름도 없이
'땅끝마을' 과 아랫줄에
전화번호만 달랑 적혀 있었다

땅끝마을이 어디를 말하는지
내게는 생소하지만, 바다를 끼고 있는
마을 치고 땅 끝 아닌 곳이 있는가
사내의 검은 안경도 그렇지만
졸졸 따라다니는 여자 또한
불쾌지수를 끌어올렸다

나의 명함은 너무 바보 같아서
그에게는 싱겁겠지만
땅끝마을은 내 고향에도 있다
그 뿐인가
바다의 시작과 바다의 끝도 있고
땅 끝과 땅 시작도 있다

괴상한 명함의 주인공이여!

놀라지 마시오, 내 고향은
공룡의 대제국이라오, 그런데도
내 명함에는 공룡이 없지 않소.

시멘트 바닥에 난 금

낡은 집 마당 시멘트 바닥에
꾸불꾸불 금이 나 있다
태어나서 기어다니기 시작한 곳부터
성인이 될 때까지 걸어오고 걸어가야 할 길
생명을 가진 모든 자들의 운명선 같다
직선으로 가다가 옆길이 생겨
그 길로 가 보다가 길이 막혀
본래 길로 되돌아오는 허탈감과
갑자기 길이 보이지 않는 움푹 패인 곳은
한때의 함정이고 몰락이다
간신히 헤어나 이어진 길을 찾아가지만
곧게 뻗은 길은 없다
아주 작은 풀포기들이 가로수처럼 서 있다
몇 번째 풀이 내 운명의 종점일까
땡볕에 목이 타는 풀과 나
갑자기 쏟아지는 비를 벌컥벌컥 들이킨다.

112

제3세계

하늘을 이고
지구를 걸을 때는
머리통이 깨질 듯 무거웠다

거, 참!
지구를 이고
하늘을 걸으니까
왜 이리 머리가 가벼운지

지팡이 삼아 긴 장대 짚고
하늘을 거니니
극락새 한 마리 장대 끝에 앉네

꿈이면 어떻고
꿈 아니면 어떤가, 내
아무래도 본향이 하늘인 것 같네

탄생에 대하여

꽃이 지고
낙엽이 지고
뿌리는 물의 흡수력이 부실하여
나무 전체가 고사목 같다
참, 지랄 같은 세상
영원함이란 없는 존재
굳이 생겨나지 않아도 될 것을
왜 생겨나 고초를 겪게 하는가
겉만 멀쩡한 세상
잡초에서부터 고목까지
세균에서부터 사나운 짐승까지
모두는 결국 죽을 걸, 왜
생겨나 모두를 슬프게 하는지
내가 꽃이라 해도
내가 사나운 짐승이라 해도
원하는 것은 세상에 하나도 없다.

114

양파와 노숙자

땅속에서 금이야, 옥이야 키운 자식
삶은 이제 혼자 걸어야 한다
피복이 마치 부처의 가사같이
결이 곱고 눈부시다, 여우 같은 세월이
가만 있지 않을 것 같다
젊은 여인네의 옷을 벗겨 내듯 탐스런
속살을 보기 위해
그는 결국 한 겹, 한 겹씩 벗겨 내린다
옥 같다
저 마지막 속에 무엇이 도사리고 있을까
세월은 눈물과 군침을 흘려가며
옷을 벗겨 들어간다
벗기면 벗길수록 몸집만 작아질 뿐
새로운 사실이나 생각했던 것이 없었다
세상에 이길 자(者) 없는 세월을 울린 양파
웅크린 노숙자여! 양파처럼 맞받아쳐라.

115

봄을 찾아온 꽃

꽁꽁 언 강을 건너
실낱 같은 뿌리 하나 붙들고
나뭇가지를 타고 올라와
아슬아슬 위태로운 곳에서
알몸을 드러낸 꽃들
봄은 그들을 위해 무도장을 차렸다
도깨비한테 홀린 듯
두 동공이 움직이질 않는다
그들은 짧은 운명인 줄 알기에
신나게 놀다 가자고 향기를 뿌려
암술은 남자를
수술은 여자를 불러 모은다
넋을 잃고 쳐다만 보고 있을 것이 아니라
저승사자가 손바람을 일으키기 전에
무두들 청을 들어주자
코피가 나도록 그들의 소원을 풀어주자.

116

웃자

이 아름다운 세상을 사람들은 왜
슬픈 쪽으로만 몰아갈까
새들이 웃는데도 운다고 하고
바람, 강물, 파도들이 웃어도
아무도 그들을 웃는다고 하지 않는다
번뇌에서 벗어난 운판과 목어까지
운다고 하니 우리들은 귀가 멀었다
사람들의 소리도 운다고 하겠는가
세상 모두는 웃는다고 하자
곱게 핀 꽃들을 보며 기뻐하듯이
이 세상에는 우는 것이 없다고 하자
정원사가 나무를 자를 때도
나무는 우는 것 같지만 사실은 웃는다
웃다 못해 춤을 추다 꿈속에 잠긴다
떨어지는 낙엽을 보고도 슬퍼하지 말자
그들은 한평생을 살다가
후회없이 웃으며 떠나지 않는가
나는 나의 아버지나 어머니가 이승을
마감할 때 웃으려고 작심했다
노쇠한 육신을 바꾸러 가시는데, 왜
통곡을 해야 하는가
까치가 웃는다, 소쩍새가 웃는다.

117

자연의 이치

땅거죽 밑에서 여름, 가을, 겨울 동안
늙은 봄은 어린 봄을 훈련시켜
푸른 옷 한 벌씩 나눠주며
지상으로 내보낸다
아이구! 세상 공기 시원도 해라!
어린 봄은 근육을 부풀려 성년이 되면서
향기와 아름다움으로 뽐내고 있다

이국에서의 적응이란 사람과도 같다
꽃은 피어도 향기가 없는 나무
향기는 있어도 꽃이 없는 나무
긴긴 세월 피땀 흘려 훈련을 했다지만
이것이 세상의 이치
움츠린 가슴이 활짝 열리고 나면
서서히 사그라질 인간들 같은 운명이여.

118

낙엽

낙엽, 그에게 눈이 없어도
바람만은 뚜렷하게 보인단다
나뭇가지와 손을 잡고
최후의 사랑을 나누며
헤어질 설움
온몸으로 달군다
야비하게 남의 사랑을 갈라놓을 바람이
코앞에 다가왔다

생전 처음
낯선 지상에 내려앉은 낙엽
구둣발보다 무서운 바람이여!
나 이대로 미라처럼 주검으로 살란다
제발 나를 강이나 바다로
시궁창 같은 곳으로 밀어 넣지 마라
아무도 발 닿지 않는 곳에
나 머물게 해 준다면
나는 너를 영원히
아주 가까운 친구로 기억해 주마.

그림 같은 빈 집

시간이 정지된 곳
골진 초가지붕 위에는
잡초들이 풀피리를 부르고
지붕에서 거꾸로 내려온 박 줄기에
박 하나 탐스럽게 퍼질고 앉았다
방안에 걸려 있는 달마도는 백두산을 삼켰는지
폭포마저 보이지 않는다
뚜껑 없는 우물 속에는 정지된 것들만 모여
이대로 꼼짝하지 말자고 서로 부둥켜안고 있는
그림 같은 빈 오두막
우물가 담벽의 늙은 석류나무, 다 떨어지고
남은 하나가 발갛게 익어 낙관처럼 찍혀 있다.

120

짧은 계절은 끝나고

연줄이 더 이상 풀리지 않는 걸 보니
가을이 벌써 하늘 끝에 닿았나 보다
더 이상 갈 데가 없겠지

탱탱했던 가을이 터지기라도 했나
그 안에 든 오색 낙엽들이
지상에 뿌려진다

돌아가는 철새
돌아오는 철새
갈대밭의 희비가 헷갈리는 짧은 계절

끊어진 연줄 끝에 겨울이 매달려 온다
칼과
창을 들고

갈대들이 겨울바람의 냄새를 맡고
미리부터 겁에 질려
서로 부둥켜안고 대책을 세우고 있다.

이삭줍기

달이
별이
해가, 시(詩)의 이삭을 줄줄
흘리며 간다

새들이
숲들이
구름들이 시의 이삭을
줄줄 흘리고 있다

바다
들
산들이, 이삭을 넉넉히
펼쳐놓고 있다

처녀들의 젖가슴
유방
장단지가, 시어(詩語)의 이삭을
질질 흘리고 다닌다

바구니에 넘치도록
가득 주워 넣었더니

어느새 바구니 밑바닥에
구멍이 나 있었다.

123

시(詩)의 자위행위

자위행위를 해 보았는가
상대를 상상하면서
짜릿한 한순간을 맛보기 위해

끝나고 나면
허무하기 그지없지만
세포들도 즐거워하지 않았는가

그런데 시(詩)는 좀 다르지
대상을 가리지 않고
동시다발적으로 해댄다

그들의 성욕은 대단하다
뭐든 보기만 해도
벌름벌름, 벌떡벌떡하니까

눈을 감고 다녀도 소용없고
팔다리를 부러뜨려도
털끝 하나 끄덕 않는다

지구 밖까지
사정해 놓은

엄청난 정자와 난자들

그중 잘 만난 것들은
문자들을 쏟아내어
온 세상을 놀라게 한다.

제6부

지구의 물갈이

지구의 물갈이

저승의 자원봉사 몇몇을 데리고 와서
대청소를 해야 살 수 있는 곳이
과연 듣던 그대로다
공들이지 않아도
악담하지 않아도
부자는 물론
명예에 미치지 않아도
비방하거나
헐뜯지 않아도
병들어 고통받지 않는 세상을 위해
하루라도 빨리 본국에 알려야 하겠군

아! 저 험상궂은 자들을 보라
자기 몸을 자기 맘대로 못 쓰는 자들
아이구! 애처로워라
오갈 데 없어 지하철 바닥에
시체처럼 아무렇게나 드러누운 자들
저건 또 뭐지!
이상한 기계 앞에서 악을 쓰는 자들
이거 완전 올 수리를 해야 되겠구먼
물, 공기, 매연
구석구석 뒤적이면 어디 이것뿐이랴

128

21세기가 끝나기 전, 서둘러야 될 판
이대로 두면 모든 별들이 오염되어
세상 어딜 가도 성한 곳이 없겠군.

영혼들의 대왕에게

대왕이여!
내 영혼
게다리 속살 뽑아내듯 뽑아
허기에 허덕이고 있는 중생들에게
살이 되고 피가 되어 줄 수 있도록
신통력을 발휘하소서
대왕이여!
뙤약볕이 중생들을 괴롭히거든 내
영혼, 빗줄기가 되게 하여 주시고
그늘이 되게 하여 주시고
시원한 바람이 되게 하여 주소서
대왕이여!
할 일 없는 내 영혼
살벌한 전쟁터로 보내어
적군의 칼날을 대신 맞게 하시든지
모든 포탄을 나 혼자 맞게 하소서
대왕이여!
언제라도 나의 영혼을 꺼내어
정의로운 그대의 심복이 되게 하여
이 땅에 가난이 없고
이 땅에 전쟁이 없도록 하소서.

무덤

머리에 꽃을 꽂고 봄볕을 쬐며
편안히 누워있는 그대가 누구인지
몹시 부럽네

버스를 타고 예까지 왔는지
배를 타고 왔는지
아니면 홀로 날아서 왔는지…!

외로움이란 한 순간도 없겠네
새들이 밤낮 노래도 불러주고
솔 냄새 솔솔 사시사철 풍기니

나도야 그대처럼 누워서
과거를 회상하며
죽음의 진미를 맛볼 날 있으리.

이승과의 이별

이 세상에 왔다가
똥, 오줌만 잔뜩 싸 놓고
나, 수줍은 듯 사선(死線)을 넘겠네.

목마를 탄 공주

가을하늘 위, 파란 잔디
하얀 드레스를 입은 공주가
흰 목마를 타고 간다
태양에 눈부신 구름
안타깝게
공주의 한쪽 소매가 바람에
잘려 나간다

저럴 수가
목마의 목이 잘려 나간다
하늘에 묻히고 싶었던
간절한 내 마음이 돌변하는 순간
모든 것이
다행스럽게 모자이크처럼 서서히
제자리로 돌아온다.

133

역설(逆說)

모든 산들이 손끝을 모으고 있는 것은
이 땅의 죄악을 하늘에 고하여
용서받기 위함이 아니네, 모든 부족함을
얻어내기 위함이 아니네
하늘이란 끌어당길 것도
갖다 바칠 곳도 없는
별과 별 사이의 비어있는 거지중천(居之中天)
우리에게 내일이란 우리들 사이에
있음에 행과 불행이며 전쟁과 평화며
우리들에게 필요한 건
우리들 사이에서만 존재하는 것
이제 우리는 수평과
수평 그 이하로 황급히 돌아가서
서로가 서로에게 촛불을 건넬 시간
서로가 향(香)이 되어 향기를 나눌 시간.

134

낙조

잘 익은 사과 한 알
조심조심
금쟁반에 내려앉는다.

늦은 여름날

먼 데 수평선에 보일 듯, 말 듯
푯말 하나 서 있다
아래쪽은 바다
위쪽은 하늘이라고

가까운 바다는 금방 날 것같이
은빛 비늘을 접었다 폈다
날고 싶은 마음
누구보다 내가 더 잘 알지

하늘에는 게으른 솜털구름이
마술사 흉을 내며
어떻게 보면
제 몸 자랑이라도 하는 듯

반짝반짝 물비늘
눈부시게 흰 구름
오히려 나보다 기개가 있어
오늘은 한층 내 몸도 가볍다.

136

오래 누리는 법

행복하다고 말하는 이여!
행복하다고 말하는 이여!
그대는 그대 행복이
끝이 없음을 믿겠지!

불행하다고 말하는 이여!
불행하다고 말하는 이여!
그대는 그대 불행이
끝이 없음을 믿겠지!

행복은 단순한 것
그림자가 없음이라
불행도 단순한 것
그림자가 없음이라

오해하지 마라
세상에 끝없음은 없는 것
행복과 불행은 이슬이다
행복과 불행은 잠시 잠깐이다.

산

안개 낀 봄이면 섬 같기도 하고
여름이면 꽃상여 같다가
가을이면 내 누이 색동옷 같다가
겨울이면 하얀 고깔모 같은 너
사계절 내내 겉모습도 좋다만
변하지 않는 마음
난, 늘 네 마음이 탐난다.

우리는 영웅들이다

뒤집어 놓은 세모꼴 언덕
수풀 아래 앙증스런 샘터

샘터를 시작
아주 좁은 계곡

계곡 속, 미로의 동굴
그 동굴을 통해 나온 오!

동반자들이여!
우리는 위대한 영웅들이다.

석류

자식은 많이 낳으면 안 돼
욕심내다가 배 터지는 걸
내가 많이도 봤거든
순서대로 하나씩 낳는다면
오죽 좋을까만
바람, 햇빛, 달빛, 별빛
온갖 잡것들하고
밤낮으로 그 짓거리하더니
아이고!
제대로 순산도 못해 보고
자궁만 쩍쩍 갈라졌네
저 말라붙은 피와
수없이 달라붙은 새끼들 좀 봐.

140

가을산

열병을 피해 저승 끝까지 달아나 버린
하늘
벌겋게 달아오른 산이 죽음에 가깝다

화약고 같은 그리움을 안고 그 속으로
뛰어든 나
껍데기는 저리로 가라며
나를 밀치고 나온 그리움의 칩이
산을 향해 맞불을 지른다

벗어둔 윗도리처럼 구겨 앉은 내 위로
새파랗게 질린 별들이 벌벌 떨고 있다.

141
—

가을은

그리움, 낙엽처럼 쌓이는 계절
가을은 추억의 앨범이다
만나고 헤어지는 기차역이며
여객선 뱃머리다
기적소리 심장을 후려치는.

142

불효

가을밤 새벽하늘
온 하늘에 널려
연신 실룩거리고 있는 별들
총총 실에 꿰어
어머니 목에 걸어주고 싶은 심정
아! 뉘라서 알까
은반지 하나도 선물한 적 없는
이 불효를 어쩐다지
허리가 굽을 대로 굽어
저 별마저 볼 수 없는 어머니
지금쯤 지팡이 손잡이만
마루 끝에서 반들거리고 있겠다.

인연 깎기

버릴 수 없는 인연 줄줄이 엉글어도
만남은 언젠가 벗어야 할
옷가지
한꺼번에 무너질 이별이 아찔해
차근차근
먼저 만난 인연부터
대패질을 해본다만 대팻날이 무디어
깎인 자리 거칠지만.

144

낙엽 속에 뚫린 길

뒷산 등산로에서 낙엽 하나 주워,
생선 한 마리 사 오면서 무슨
요리를 해야 하나 하고 고민하듯
한 잎 낙엽으로 무슨 시를
지어볼까 하고 망설이다가
그새 집에 당도
돋보기를 꺼내어 자세히 들여다보니
세월이 지나간 숨은 길인 듯
길 끝이 보이지 않는
작은 길 하나 뚫려 있었다
아마 이 길로 누이 둘과
아우 또한 지나간 것 같다
곧, 아버지와 어머니, 그리고
내가 걸어갈 길인지도 모른다
아주 곱게 물든 낙엽
이 낯선 길 끝에, 분명
더 아름다운 세계가 있을 것 같다.

허수아비

매미의 먹이는
더위다
저 놈들이 어서
더위를 먹어 치워야
가을이 올 텐데

논에는 벌써
성급한 허수아비가
구제품을 구해 입고
매미가
떠나길 기다리고 있다

있어도 그만,
가 버려도 그만인 것들
그게 무슨 상관이람
허수아비의 꿈은
사진 한 장이면 족하다

세상!
요란하게 살 필요 없다
이름 석 자
때 묻지 않게 살다 가면
그만이다.

146

작품해설

21세기 시의 반어적(反語的) 수사법(修辭法) 추구
– 진진욱 제12시집《바다는 옷을 입지 않는다》의 시세계

홍 윤 기

日本센슈대학 대학원 국문학과 文學博士
日本리쓰메이칸대학 대학원 사학과 초빙교수
senshu5862@daum.net

147

　진진욱 시인이 금번에 상재하는 시집《바다는 옷을 입지 않는
다》에서 추구하는 시세계는 어쩌면 이 시대를 이끌고 갈 만한
특출한 요소가 잠재해 있는 것이 아닌가 싶다. 여하간에 새롭다.
시의 반어적(反語的) 수사법(修辭法) 동원으로 날카롭고도 강력한
설득력을 발휘하고 있다. 시작법에는 어떤 규정으로 특정한 룰
도 있을 수 없다. 한 시인이 새롭게 써내면 그것은 곧 새로운 시
적 방법론이 된다. 성패 여부는 한국시문학사가 뒷날 가려줄 것
이다. 물론 시인에게 리스폰시빌리티(responsibility)는 따르는 것
이다.

　필자는 진진욱 시인의 이번 시집에서 각기 캐릭터 리스틱이
빼어난 특징적인 작품들을 골라내어 각각 품평하기로 했다. 20
세기 시인 중에서 다재다능하기로 유명했던 프랑스 시인 장 콕
토(Cocteau, Jean)는 한 마리의 뱀을 가리키며, "뱀, 너무 길다"고
했다. 바닷가에 가더니 이번에는 "내 귀는 소라껍질, 바다 소리

를 그리워하오"라고 썼다. 바로 그 시인 장 콕토를 연상하면서
필자는 진진욱의 시집에서 대뜸 〈숲〉을 골라봤다. 이 시야말로
21세기 한국시인 진진욱의 자랑스러운 대표작이 될 것이라 기
대해 본다.

미쳤다
미쳤어!
확실히 미쳤다

한쪽에서 밀면
또 다른 쪽에서 밀고
여편네들의 싸움 같다

돋보기를 꺼내 끼고
유심히 살펴보니
미친 놈은 바람이었다.

– 〈숲〉 전문

시인은 이 정도의 시는 써야 시인입네 하고 명함을 내밀 만한
것이 아닐까. 군소리며 넋두리를 과연 뒷데다 갖다 쓸 것인가.
"돋보기를 꺼내 끼고/ 유심히 살펴보니/ 미친 놈은 바람이었다"
는 시인 진진욱. 시인은 분명 바람을 보았다. 그 날카로운 시각
은 진진욱의 동공이 아니라 그의 뜨거운 염통에 붙어있는 것 같
다. 두 눈을 아무리 크게 뜨고 본들 귀신이 아니고서야 어찌 바
람을 볼 수 있겠는가. '미친 놈'의 상징어는 다름 아닌 21세기
난장판 현대 한국이다.

148

진진욱 시인의 강력한 메시지는 '모두 제 정신 차리자' 는 것. 필자는 그의 반어적(反語的) 수사법(修辭法)에 감탄하고 있다. 현대시의 새로운 오브제(object, F)로서의 '숲' 은 그야말로 시미학적 대상 처리에 있어 자못 신선하다. 지금까지 한국시단에서 '숲' 을 이와 같은 시각에서 이만큼 능숙한 새타이어의 표현 기법으로 풍자하여 노래한 사례를 필자는 본 적이 없다. 〈숲〉은 명시다. 독자를 감동시키기에 충분한 새로운 역작이다.

이제 시인은 〈바다는 옷을 입지 않는다〉고 한다. 옷값이 너무 비싸서 옷을 입지 않는다는 것인가. 아니다. 읽어보자.

부끄러울 것이 없어 가린 곳이
없는 바다
마음 속까지 열어 보이지 않고는
그의 질 속으로 들어설 수 없단다

수평선 하나 그어 놓고
알몸으로 누워있는 까닭은
유혹이 아닌, 비운 자에게
최대의 쾌감을 베풀기 위해서다

가장 이상적인
바다의 삶은 영원한 오르가슴
아무도 이뤄낼 수 없는 예술이며
쾌락의 전당(殿堂)이란다.

– 〈바다는 옷을 입지 않는다〉 전문

시인은 에로틱한 표현 기법으로 바다를 발랑 벗겨놓았다. 그리고 메스를 갖다 댄다. "수평선 하나 그어 놓고/ 알몸으로 누워 있는 까닭은/ 유혹이 아닌, 비운 자에게/ 최대의 쾌감을 베풀기 위해서다// 가장 이상적인/ 바다의 삶은 영원한 오르가슴/ 아무도 이뤄낼 수 없는 예술이며/ 쾌락의 전당(殿堂)이란다." 이렇듯 진진욱 시인은 반어법(反語法)을 동원하여 작품의 품도(品度)를 드높여주고 있다. 이것은 화자가 인간 세계로 군림하는 폭력적 존재가 아니고 바다가 위대한 자연의 존재로서 스스로의 지난 폭력을 반성하는 화자의 겸손한 승복이다. 우리는 무수한 바다의 횡포를 겪으며 살아오지 않았던가. 얼마나 많은 생명을 난폭한 바다는 앗아가 버렸던가. 이제 벌거벗고 벌렁 누워있는 바다의 첫 메시지는 "부끄러울 것이 없어 가린 곳이/ 없는 바다/ 마음 속까지 열어 보이지 않고는/ 그의 질 속으로 들어설 수 없단다"는 것. 어쩌면 이것은 순수한 인간 세계에 대한 바다의 고뇌, 아니 속죄의 성명은 아닐런가. '바다는 옷을 입지 않는다'는 그 커다란 명제를 화자는 우리에게 다각적으로 설득시키고 있다. 다시 한 번 진지하게 고찰하기로 하자.

그런데 〈팽이〉가 돌기 시작한다.

누가 나에게 채찍질을 해 주지 않으면
나는 기절한다
죽어야 한다

누가 내게 채찍질을 가해 주면
나는 다시 살아난다
세상도 함께 살아나 부산하다

150

죽지 않으려면 얻어 맞아야 하는 세상
치지 않으면 죽는 세상
나 하나만 맞으면 세상이 아름답다.

- 〈팽이〉 전문

두드려 맞아야만 살아난다는 '팽이'의 운명론. 인간이 자아를 올바로 파악하기 위해서는 인간 일반으로서의 '나'가 아닌, 인간 개인으로서의 '나'를, 아니 '팽이'로서의 존재를 스스로 인식할 필요가 있다. 인간 개인으로서의 '자아 인식' 이야말로 '개성'(personality)의 참다운 파악이다. 현대시는 가장 개성적일 때 만인에게 공감되는 명편이 된다.

개성적인 시는 시문학적인 새로운 가치며 이상을 자신의 내부로 받아들여서 객관적으로 창작 발상하는 '초자아'(超自我)의 시세계이다. "죽지 않으려면 얻어 맞아야 하는 세상/ 치지 않으면 죽는 세상/ 나 하나만 맞으면 세상이 아름답다"는 현대시의 생명력은 이미지(image)의 다양하고 발랄한 전개 과정에서 눈부시게 꽃핀다. 시인 진진욱은 일종의 사회시(社會詩)로서의 다채로운 인간 삶의 콘텐츠를 심미적 방법으로 이미지화 시키는 솜씨가 자못 독특하고 신선하다. 이번 시집에서 특히 주목되는 역작 중의 하나가 바로 이 〈팽이〉다.

한국의 수많은 시인들은 이미지가 아닌 스토리(story) 제시를 마치 시인 양 착각하고 '시'가 아닌 '이야기'를 '시' 대신에 시행간에다 나열하고 있다. '이야기'는 '수필'이나 '소설'에서 다루는 문학적 언어 표현 방법이다. 그러나 진진욱 시인은 이미지의 새롭고 다채로운 표현을 통한 삶의 아픔과 그 심오한 진실을 서정적으로 두드러지게 메타포하고 있어 그 누구보다도 주목되는 시인이다.

　지금은 때마침 봄이니, 이번에는 〈봄을 찾아온 꽃〉을 함께 감
상해 보자.

　　　　꽁꽁 언 강을 건너
　　　　실낱 같은 뿌리 하나 붙들고
　　　　나뭇가지를 타고 올라와
　　　　아슬아슬 위태로운 곳에서
　　　　알몸을 드러낸 꽃들
　　　　봄은 그들을 위해 무도장을 차렸다
　　　　도깨비한테 홀린 듯
　　　　두 동공이 움직이질 않는다
　　　　그들은 짧은 운명인 줄 알기에
　　　　신나게 놀다 가자고 향기를 뿌려
　　　　암술은 남자를
　　　　수술은 여자를 불러 모은다
　　　　넋을 잃고 쳐다만 보고 있을 것이 아니라
　　　　저승사자가 손바람을 일으키기 전에
　　　　모두들 청을 들어주자
　　　　코피가 나도록 그들의 소원을 풀어주자.

　　　　　　　　　　　　　　　　　　　　　　－〈봄을 찾아온 꽃〉 전문

　역시 진진욱 시인의 반어적(反語的) 수사법(修辭法)에는 무언가
신선한 느낌의 그로테스크한 리얼리티를 저변에 깔고 세상을
내려다보고 있다. 봄꽃으로부터 풍겨져 나오는 해맑은 에스프
리(espri, F, 精髓)가 영롱한 아름다운 이미지들로 어지러운 조화

152

로써 종래의 시작법을 역으로 풍자하고 있어 이 또한 주목받을 만하다. 그러나 화자가 호소하는 것은 "그들은 짧은 운명인 줄 알기에/ 신나게 놀다 가자고 향기를 뿌려/ 암술은 남자를/ 수술은 여자를 불러 모은다"는 것. 어쩌면 이것은 종족 보존과 연관되는 시인의 아름답고 경건한, 그래서 더욱 값진 윤리적 자세는 아닐런가. 동시에 진진욱다운 로맨티시즘의 서정적 표현미의 묘사로써 이 작품의 눈부신 대단원을 이룬다.

이번에는 〈가을산〉으로 올라가 보자.

열병을 피해 저승 끝까지 달아나 버린
하늘
벌겋게 달아오른 산이 죽음에 가깝다

화약고 같은 그리움을 안고 그 속으로
뛰어든 나
껍데기는 저리로 가라며
나를 밀치고 나온 그리움의 칩이
산을 향해 맞불을 지른다

벗어둔 윗도리처럼 구겨 앉은 내 위로
새파랗게 질린 별들이 벌벌 떨고 있다.

— 〈가을산〉 전문

지금은 21세기 초두다. 시가 새롭다는 것은 무엇인가. 지금까지 전혀 남이 쓰지 않았다는 것이며, 그것이 곧 살아있는 시다. 20세기 중반이었던 1950년 벽두, 영국 런던의 「더 타임즈」신문

문예판 부록에 〈현대시에의 요망〉이라는 긴 글이 발표된 바 있었다. 그 요지는 무엇이었던가. 그것은 "모름지기 현대시라면 현대적인 주제에 입각하여 현대의 방법으로 현대어를 사용하여 현대적 태도를 가지고 쓰여지는 현대시를 요망한다"는 골자였다. 그런데 그 당시로부터 65년이 막 지나고 있는 오늘의 우리 한국현대시를 바라볼 때, 1950년대 한국시 현주소로부터 그런 주장에 부합되는 새로운 주제와 방법 등에 필적하는 새로운 작품은 과연 얼마나 되는가 생각해 볼 일이다.

다행이라면 진진욱 시인의 시와 같은 한국적인 새로운 주제와 현대의 방법으로 현대어를 사용하여 현대적 태도로 쓰여진 시가 바로 이런 작품이 아닌가 여겨본다. 한국인의 새로운 가을의 시. "열병을 피해 저승 끝까지 달아나 버린/ 하늘/ 벌겋게 달아오른 산이 죽음에 가깝다"는 이 가을날의 처절한 아픔은 곧 우리 모두를 각성시키는 신선한 감각적 충돌이다. 한국의 가을에 등장한 공감각적인 "나를 밀치고 나온 그리움의 칩이/ 산을 향해 맞불을 지른다// 벗어둔 윗도리처럼 구겨 앉은 내 위로/ 새파랗게 질린 별들이 벌벌 떨고 있다"고 하는 시각과 청각의 역동적인 구조로 리리컬하면서도 종래의 시처럼 상투적인 가을 시어를 완전히 극복한 새로운 이미지들을 산뜻하게 메타포하고 있다는 점에서 청신한 가을시로서의 역작이 아닐 수 없다.

다음은 〈역설(逆說)〉이다.

모든 산들이 손끝을 모으고 있는 것은
이 땅의 죄악을 하늘에 고하여
용서받기 위함이 아니네, 모든 부족함을
얻어내기 위함이 아니네

154

하늘이란 끌어당길 것도
갖다 바칠 곳도 없는
별과 별 사이의 비어있는 거지중천(居之中天)
우리에게 내일이란 우리들 사이에
있음에 행과 불행이며 전쟁과 평화며
우리들에게 필요한 건
우리들 사이에서만 존재하는 것
이제 우리는 수평과
수평 그 이하로 황급히 돌아가서
서로가 서로에게 촛불을 건넬 시간
서로가 향(香)이 되어 향기를 나눌 시간.

- 〈역설〉 전문

 진진욱 시인의 '역설'이 갖는 주제 감각. 시인은 그 모티프가
지니고 있는 암호성을 찾아내어 우리 한국시단에서 새로운 〈역
설〉의 시를 창작하는 데 성공하고 있다.
 이 시집의 일련의 반어적(反語的) 수사법(修辭法)에 관련한 주제
의 시편들은 광막하고 난폭한 사회상 속에서의 참으로 한 개인
으로서 살아가는 양심적 인간으로서의 시인이 존재 감각의 진
면목을 탐구하려 했다는 데 있다고 본다. 이 시대의 삶속에서 참
다운 인간의 가치를 몸소 자신의 순수한 육신의 새로운 시언어
를 통하여 체험하여 보여주고 있는 것이 진진욱 시인의 시다.
 참다운 시인의 길은 그가 살아가는 시대의 인간적 가치를 꿰
뚫어내는 데 있다고 본다.
 일반적인 의미에서 서정시는 거의 대부분이 패션(情念)에 의하
여 쓰여질 뿐 거기에는 존재 감각의 실체인 암호가 결여되어 있

는 것들을 살피게 된다. 정념이라는 것은 단지 패토스(pathos) 즉 패션(passion)을 가리킨다.

데카르트는 정념을 이끌어주는 것으로 놀라움을 비롯하여 사랑, 미움, 욕망, 기쁨, 슬픔 등을 들었다. 이 경우 그런 정념에 관한 설명은 불필요하다는 것이다. 즉 "우리에게 내일이란 우리들 사이에/ 있음에 행과 불행이며 전쟁과 평화며/ 우리들에게 필요한 건/ 우리들 사이에서만 존재하는 것/ 이제 우리는 수평과/ 수평 그 이하로 황급히 돌아가서/ 서로가 서로에게 촛불을 건넬 시간/ 서로가 향(香)이 되어 향기를 나눌 시간"에서처럼 정념 속의 수동적 감정을 능동적 감정으로 전환시킬 수 있는 상상력이 있어야만 시가 성공한다고 본다. 놀라움을 비롯하여 사랑, 미움, 욕망, 기쁨, 슬픔 등이 단지 조건반사가 아닌 자신의 의식 속에서 스스로 움직이기 시작하는 데서 현대시의 새로운 존재 감각은 뛰어난 시로 승화되는 것이다.

강 언덕에 집을 짓자
지붕은 우산처럼
벽면에는 유리 없는 창틀만 끼워
내 꿈이 자유로이 드나들 수 있고
님이며
새들과 꽃들의 향기도 자유로이
드나들 수 있도록
사방이 확 트인 곳이면 더욱 좋겠다

별들이 수두룩한 밤에는 우산처럼
지붕을 접어

내 사랑하는 별, 님을 찾자

밤의 개울물 소리는

별들의 소리와 뒤섞여 있어

두 손으로 귀를 모으면 님의 소리가

아스라이 들려올지 모른다

코 앞에 님이 있는데도 나는 바보다.

- 〈강 언덕에 집을 짓자〉 전문

필자는 〈강 언덕에 집을 짓자〉를 읽으면서 시의 '모티프'는 과연 어디서 오는 것일까 생각해 봤다. 동시에 이 작품을 대하며 문득 떠오른 것이 프랑스 시인 폴 발레리(1871~1945)의 말이었다. "시에서 첫행은 신(神)이 써주고 둘째 행부터는 시인 스스로가 쓴다"는 말. 신은 진진욱 시인에게 '강 언덕에 집을 짓자' 라는 인스피레이션(靈感)을 안겨주었고, 화자는 즉시 화답하며 "지붕은 우산처럼/ 벽면에는 유리 없는 창틀만 끼워/ 내 꿈이 자유로이 드나들 수 있"다는 그의 시세계를 구축하게 되었다고 본다. 따지고 볼 것도 없이 이런 시인은 하늘이 내리는 존재다. 인간 정신의 모든 사상(事象)을 고찰의 대상으로 삼아 서구 문화에다 최상의 표현을 부여했던 시인 폴 발레리처럼. 엄밀한 사유와 견고한 구성을 바탕으로 하여 음악적이며 건축적 해조(諧調)를 이룬 진진욱 시인의 시 〈강 언덕에 집을 짓자〉의 건축 구조와 주지적 발자취에는 폴 발레리의 경우처럼 이탈리아의 위대한 예술가 레오나르도 다 빈치(1452~1519)의 〈방법 서설〉이 깔린 것 같기도 하다. 그리하여 "새들과 꽃들의 향기도 자유로이/ 드나들 수 있도록/ 사방이 확 트인 곳이면 더욱 좋겠다"는 희망을 보태면서 자연친화적인 감각적 미학을 곁들인다. 더군다나 "밤의

157

개울물 소리는/ 별들의 소리와 뒤섞여 있어/ 두 손으로 귀를 모으면 님의 소리가/ 아스라이 들려올지 모른다"며 자연과 함께 짙은 서정을 추구하는 진진욱 시인의 감성미가 더욱 돋보인다.

이제 그 서정의 결정판으로 존재론적 가치를 더욱 드높인 〈이슬과 나〉를 본다.

풀잎에 맺힌 이슬
그것은
내 본래의 양심이다

그것이 떨어졌을 때
나의 면목도
함께 떨어진다

이슬이 분해된 자리
햇살이 걸터 앉으면
나의 존재는 없다

매일 밤 자고나면
풀잎은 또 나의 양심을
받쳐들고 있다

영원히 지탱되는 면목은
세상에 없나 보다
너절한 땅바닥이 싫다

158

안절부절 본의 아니게
살아온 삶
나의 양심이 불쌍하다.

- 〈이슬과 나〉 전문

세상에서 가장 깨끗한 청정무구의 상징어로 '이슬', 특히 "풀
잎에 맺힌 이슬"을 상기한다. 그런데 진진욱 시인이 "그것은/
내 본래의 양심이다// 그것이 떨어졌을 때/ 나의 면목도/ 함께
떨어진다"고 자못 비장하게 자신을 내세운다. 그러면서 "안절
부절 본의 아니게/ 살아온 삶/ 나의 양심이 불쌍하다"고 질책한
다. 어쩌면 그가 살아온 인생사를 이슬에 비춰 자화상으로 그려
냈다고나 할까.

그런 견지에서 참답고 가치 있는 시로서 지금까지 다른 시인
들이 전혀 다루지 않은 새로운 제재이거나 소재의 빛나는 이미
지의 신선한 시작업이라 하겠다. 그 작업은 곧 한국현대시를 더
욱 발전시킬 원동력이 될 것이다. 그럼에도 불구하고 상당수의
시가 개성이며 독창성에서 벗어나고 있다. 쉽게 말해서 다른 시
인에게서 이미 발표된 소재나 제재를 다루고 있다는 것이다. 그
것이 적잖은 문제점이 아닐 수 없다.

시는 필연적으로 새로워야 한다. 그와 같은 관점에서 진진욱
시인의 시세계가 비록 소재나 제재면에서 신선도는 떨어진다
해도 독창성에서 지금까지 한국시문학사에서 다뤄진 일이 없음
을 상기시켜 새롭다고 평가하고 싶다.

스마트폰과 트위터의 첨단 고도산업화 시대의 스피디하고도
번잡한 사회적인 페노메넌(phenomenon/ 현상)은 그 반대급부적
요청으로써 안정된 감각 상황을 적극적으로 수용하려 애쓰게

마련이다. 여기서 우리의 전통적인 온후한 서정적 가족사(家族史)를 담은 새로운 리리시즘의 신선한 시작품은 독자들에게 적응도가 매우 높아진다. 시의 언어미 속에서 우리가 감동하는 것은 곧 그 시에 대한 독자의 수용과 함께 삶의 참다운 가치 창출이 아닐 수 없다.

앞으로 진진욱 시인의 더욱 빛나는 시세계의 전개를 기대해 본다.

진진욱 제12시집

바다는 옷을 입지 않는다

•

지은이 / 진진욱
발행인 / 김재엽
발행처 / **한누리미디어**
디자인 / 지선숙

•

121-840, 서울시 마포구 잔다리로 35, 2층(서교동, 서운빌딩)
전화 / (02)379-4514, 379-4519
Fax / (02)379-4516
E-mail/hannury2003@hanmail.net

•

신고번호 / 제300-2006-61호
등록일 / 1993. 11. 4

•

초판발행일 / 2015년 4월 3일

•

ⓒ 2015 진진욱 Printed in KOREA

•

값 10,000원

•

※잘못된 책은 바꿔드립니다.
※저자와의 협약으로 인지는 생략합니다.

ISBN 978-89-7969-500-7 03810